4

Par Dromgols.

Dromgoll.



Ye

1563

# REFLEXIONS

## *SUR UN IMPRIMÉ*

### INTITULÉ:

# LA BATAILLE

# DE FONTENOY,

## POEME:

Dédiées à Monfieur DE VOLTAIRE, Hiftoriographe de France.

*Non ego mordaci diftrinxi carmine quemquam.*

*Nulla venenato littera mifta Joco eft.* Ovid. Trift. Lib. 2.

Premiere Edition, confiderablement retranchée.

M. DCC. XLV.

# REFLEXIONS

*SUR UN IMPRIMÉ*

INTITULÉ

## LA BATAILLE DE FONTENOY,

### POEME:

Dédiées à M. De Voltaire, Hiſtoriographe de France.

ONSIEUR;

La réputation, dont vous jouiſſez à juſte titre dans toute l'Europe, d'un des plus grands genies que la France ait produit, vous attire cet hommage de ma part. Votre nom eſt un paſſe-port pour la poſterité; & il eſt tout naturel que j'aye cherché à décorer ce petit Ecrit d'une pareille recommandation. N'apprehendez cependant pas, que ſur le ton des peſantes Dédicaces j'aille vous endormir du recit de vos propres louanges. Accoutumé que vous êtes à diſtribuer l'encens aux Heros & aux Dieux, vous feriez peu de cas de celui que vous offriroit un inconnu.

A

Mon deffein eft tout différent. Après avoir été affez téméraire que de me déplaire à la lecture de votre dernier Poëme , j'ai conçû le fingulier projet de vous en faire la confidence ; & j'ai affez bonne opinion de votre droiture & de votre générofité pour être perfuadé que vous ne vous offenferez ni de l'un ni de l'autre. Au refte , Monfieur , ne vous en prenez qu'à vous-même fi nous fommes devenus fi difficiles. Ce font vos Ouvrages qui nous ont gâtés. On peut bien vous appliquer ce que S. Evremond dit de Corneille. Vous êtes fi admirable dans vos belles productions , que l'on ne vous fouffre point ailleurs médiocre.

D'ailleurs c'eft vous qui nous avez montré l'exemple. Vous nous avez appris dans un âge encore tendre , à citer au tribunal de la raifon , les *Rem. fur penfées de Pafcal.* Ouvrages & la réputation du grand *Pafcal*. Nous n'avons pas oublié avec *Mélanges de Littérature & de Philofophie.* quelle univerfalité de talens , vous avez décidé de toute la Litterature Angloife dans vos *Mélanges* , & de toute celle de la France dans votre *Temple du Goût.* *Temple du Goût.* Nous fçavons avec quel généreux défintereffement vous avez *déchiré* dans ce dernier Ouvrage , *les trois quarts d'un gros Recueil d'Oeuvres pofthumes de la Fontaine.* Nous n'ignorons pas avec quelle exactitude & quelle précifion vous avez *réduit Marot à fept ou huit feuillets & Voiture & Sarrafin à quelques pages.* Nous nous rappellons encore avec quelle fineffe vous avez temperé les louanges de *Rollin* , & avec quelle intrépidité vous avez avertis que , *quoique en robe on l'écoutoit, chofe affez rare à fon efpece.* Nous nous reffouvenons avec quelle grandeur d'âme, vous avez *jetté au feu Surena , Pulcherie , Agefilas* , & avez contraint le *grand Corneille*.

*Temple du Goût.*

A facrifier fans foibleffe
Tous fes Enfans infortunés ,
Fruits languiffans de fa vieilleffe,
Trop indignes de leurs aînés.

C'eft vous auffi , Monfieur , qui nous avez appris à diftinguer l'aimable *Auteur des Mondes & de l'Hiftoire de l'Academie des Sciences* , de *l'Auteur des Leîtres du Chevalier d'Her* , *d'une paffion d'Autonne , &c.* Permettez-moi donc de fuivre aujourd'hui vos exemples & vos préceptes , & de mettre auffi une grande différence entre l'Auteur de la *Henriade* , *d'Oedipe* , de *Zaire* , de *Mérope* , &c. & l'Ecrivain de la *Princeße de Navarre* & du *Poëme de la Bataille de Fontenoy*.

Il n'y a que les grands Hommes dont les fautes méritent d'être relevées. Le vulgaire peut pécher impunément, fes fautes ne tirent point à conféquence. *Magis dicunt vitiofe, quam acuté reprehenduntur.* Mais les défauts *Quintil. Inflit. lib. 5. c. 13.* des grands Hommes font contagieux. C'eft une maladie qui gagne. *Deci-* *8. Hor. Epift. lib.* *pit exemplar vitiis imitabile.* *Ep. 19.*

J'ai fans doute à me féliciter de ce qu'en attaquant aujourd'hui un homme de votre mérite j'ai votre autorité pour le faire. Peut-être même pourrois-je dire de vous ce que vous dites de Pafcal : que *c'eft une confolation* *Rem. fur les penfées de l'afcal.* *pour un efprit auffi borné que le mien , d'être bien perfuadé que les plus grands*

*Hommes se trompent comme le vulgaire.* Mais je m'en garderai bien : au contraire, je m'indignerai avec Horace de voir sommeiller l'Homere de nos jours, & je gémirai de ne pas rencontrer la perfection où je devois la trouver.

D'ailleurs un interêt plus fort que celui de la Poësie m'oblige à vous écrire, c'est celui de la vérité. J'ai crû remarquer dans votre Ouvrage quelques réflexions hazardées sur un peuple qu'il sembloit que vous *respectiez* autrefois, & qui trouveroit aujourd'hui en vous un adversaire redoutable. Quelque disproportioné que soit le combat où je m'engage, & à quelque contraste que je m'expose quand j'ose me mesurer avec vous, je le fais avec joye dans cette occasion. La réputation est la moindre des choses qu'un honnête homme doive risquer quand il y va de la vérité. Au reste quelques échauffés que soient les esprits par la derniere affaire, je vous fais trop d'honneur pour soupçonner seulement que cela doive vous mettre de mauvaise humeur. Je vous repeterai en tout cas vos propres paroles & je dirai, qu'*il seroit absurde & cruel de faire une affaire de parti de quelques réflexions innocentes. On n'a d'autre parti que la vérité.*

*Rem. sur les pensées de Pascal.*

Je m'adresserai donc d'abord à l'*Apollon du Parnasse François*, au digne successeur de Racine & de Corneille, & je me plaindrai à lui de lui-même. Je parlerai ensuite à l'Auteur de l'Histoire de Charle XII. de l'Essai sur le siecle de Louis XIV, enfin à l'*Historiographe de France* ; c'est-à-dire, à celui à qui son Roi a confié une plume d'or pour enregistrer ses propres exploits & pour rendre justice même à ses ennemis. *Ne quid falsi dicere audeat, ne quid veri non audeat.*

*Ciceron.*

P L U s je considere votre Poëme, & plus je me confirme dans ma premiere idée. Tout de bon, seroit-ce une gageure ? & de même que l'Orphée d'aujourd'hui s'est vanté, dit-on, de mettre en musique la Gazette ; auriez-vous entrepris de la rimer ? cela seroit un plaisant Opera. A quel propos, en effet, entasser cinquante-sept noms dans un Poëme de deux cens Vers. J'approuve le généreux dessein que vous avez *d'arracher à l'oubli les ombres vertueuses de nos Héros, & de faire revivre leurs Exploits dans vos Chants.* Mais en verité la chose est-elle possible dans le détail ? n'est-il pas à craindre que l'oubli de quelques-uns ne fasse plus de mécontens, que cet éloge universel ne pourroit faire d'amis ? De-là ces fréquentes éditions & ces notes multipliées. Dans votre Poëme les rangs sont plus pressés qu'ils n'étoient à *Fontenoy.* Tel Lieutenant Général est obligé de se serrer dans son Vers, & n'occupe pas quelquefois son quart d'Hemistiche, tandis que tel autre a les coudées franches, & se met à son aise aux dépens de ses voisins. En verité, Monsieur, pour un Courtisan, vous n'y pensez pas, cette prédilection pourroit faire jaser.

Vous ne vous attendez pas, sans doute, que je fasse l'analyse de votre Poëme, & que j'y cherche un ordre & une méthode que vous avouez

A ij

vous-même ( *a* ) n'y avoit pas mis. Ne craignez pas non plus que j'aille paſſer en revûe tous vos Vers ; en éplucher chaque ſyllabe , & *peſer des mots dans ma balance* ; je ne parlerai ni de quelques tours proſaiques que l'on y remarque , ni de quelques inverſions trop dures , ni même de quelques fautes de langues qui vous ſont échappées. Je ſçais trop d'après vous *qu'il eſt des défauts heureux qu'on doit aimer.*

Temple du Goût.

Je ſuis charmé en commençant , d'avoir à vous remercier de la part de toute la France , du portrait avantageux que vous faites de Monſieur de Saxe. Je ne trouve rien de plus grand , qu'un grand homme ,

> Qui touchant à l'infernale rive ,
> Rappelle pour ſon Roi ſon ame fugitive ,
> Et qui demande à Mars , dont il a la valeur ,
> De vivre encore un jour & de mourir vainqueur.

Mais qu'entendez-vous par *ce fier Saxon qu'on croit né parmi vous ?* N'eſt-ce pas , que quoique M. le Maréchal de Saxe ſoit Saxon , il n'y paroît pas , & qu'il a tout-à-fait *cet air François , ſans lequel ,* comme dit le Marquis du François à Londres , *un homme eſt à jetter par les fenêtres ?* En verité , je ne connois rien au-delà que le bon mot de ce Gaſcon , de joyeuſe mémoire , qui à Londres dans un bal , *trouvoit que Charles ſecond ne dançoit pas mal pour un Etranger.*

D'ailleurs , pourquoi ce grand Général diſparoît-il tout d'un coup dans votre Poëme ? J'aurois voulu qu'il en eût été l'ame , comme il l'a été de toute cette grande action. J'aurois voulu le voir courir dans tous les rangs.

Henriade. Liv. 2.

> Sur un Courſier fougueux plus léger que les vents,
> Qui fier de ſon fardeau , du pied frappant la terre ,
> Appelle les dangers & reſpire la Guerre.

Et n'appréhendez pas , Monſieur , que là gloire de notre grand Monarque en eût ſouffert. Semblable à celle du Soleil , elle ſe communique aux autres Aſtres , ſans s'épuiſer. Le Très-haut ne ſe repoſe-t'il pas ſur ſes Miniſtres du ſoin de ſa vengeance ? Ecoutez ce que dit M. Flechier , dans une pareille occaſion , en parlant d'un autre Louis , & d'un autre Maréchal de Saxe. C'eſt M. de Turenne.

Flechier , oraiſ. funeb. Turenne.

» Pour récompenſer tant de vertus par quelque honneur extraordi-
» naire , il falloit trouver un grand Roi , qui crut ignorer quelque choſe ,
» & qui fut capable de l'avouer. Loin d'ici ces flatteuſes maximes , que
» les Rois naiſſent habiles & que les autres le deviennent ; que leurs
» ames privilégiées ſortent des mains de Dieu , qui les crée , toutes ſa-
» ges & intelligentes ; qu'il n'y a point pour eux d'eſſai ni d'apprentiſſa-
» ge ; qu'ils ſont vertueux ſans travail , & prudens ſans expérience. Nous
» vivons ſous un Prince , qui tout grand & tout éclairé qu'il eſt , a bien

---

( *a* ) *Monſieur de Voltaire dit qu'il n'a compoſé qu'à meſure que les Liſtes lui venoient.*

» voulu s'inftruire pour commander ; qui dans la route de la gloire a
» fçu choifir un guide fidéle , & qui a cru qu'il étoit de fa fageffe de fe
» fervir de celle d'autrui. Quel honneur pour un Sujet d'accompagner fon
» Roi , de lui fervir de confeil , & fi je l'ofe dire , d'exemple dans une
» importante conquête ! honneur d'autant plus grand que la faveur n'y
» put avoir part ; qu'il ne fut fondé que fur un mérite univerfellement
» connu ; & qu'il fut fuivi de la prife des Villes les plus confidérables de
» la Flandre. »

Mais examinons de plus près votre combat. D'abord vous rangez vos
Troupes en bataille , vous placez vos Lieutenans Généraux , vous fonnez
la charge. *La mort frappe à coups redoublés une foule innombrable* , & tout
d'un coup , fans fçavoir pourquoi , *pour Cumberland le Dieu Mars fe dé-
clare*. Sur le champ vous faites marcher la Maifon du Roi , les Carabiniers , la Gendarmerie & les Dragons , & *l'Anglois eft abattu*. Encore
faut-il en deviner la moitié dans les Notes. Je n'examine point combien
ce recit eft peu fidéle hiftoriquement. Je me réferve à en parler ailleurs.
Je ne l'envifage que Poëtiquement , & je me plains de n'y pas trouver
le fil & la fuite d'une grande action , qui doit intéreffer par fon appareil ,
effrayer par le danger & la difficulté , raffurer & enfler le cœur par le plaifir
de la Victoire ; enfin ce que M. Mafcaron appelle fi éloquemment *les debors*  Oraif. funeb. de Turenne.
*de la Guerre* , c'eft-à-dire , *le fon des inftrumens , l'éclat des armes , l'ordre des*
*Troupes , le filence des Soldats , l'ardeur de la mélée , le commencement , le progrès*
*& la confommation de la Victoire.*

Vous connoiffez fans doute le Poëme de M. Addiffon , intitulé *La Cam-
pagne*. Je m'attendois , pour moi , que votre Poëme devoit avoir neceffai-
rement la même fupériorité fur le fien , que les armes de la France
à Fontenoy ont eu fur celles d'Angleterre. Mais pourquoi faut-il
qu'*Appollon* n'ait pas fuivi l'exemple de *Mars* ? Et pourquoi ne peut-on pas
dire de vous ce que Patercule difoit de Cicéron : » C'eft à lui à qui nous
» avons l'obligation de n'être pas vaincu par l'efprit & les talens de ceux que
» nos armes ont domté. *Is effecit ne quos armis viceramus , eorum ingenio vince-
remur ?* Cet Ouvrage fameux qui mérita fur le champ à fon Auteur un Pofte
de confiance , qui fut un des degrés par lefquels il s'éleva à la place de Se-
cretaire d'Etat , n'étoit pas l'ouvrage de *deux jours* , mais de plufieurs mois.

Rappellez-vous quelle terreur il excite dans l'ame lorfqu'il pointe *ces bat-
teries meurtrieres , & qu'il difpofe ces tubes d'airain , dans le fein defquels repofent
mille tonnerres ... les fons aigus de la Trompette font noyés dans le bruit fourd &
confus des Tymbales ... Les deux Armées s'ébranlent ... C'eft d'un pas ferme &
majeftueux & dans une pompe affreufe que les longs Efcadrons traverfent la Plaine ...
La mort terrible dans fes approches excite une horreur inquiète dans les cœurs des
plus braves ; mais ces cœurs agités & inquiéts , foupirent toujours après le combat ,
& la foif de la gloire étouffe l'amour de la vie ... O ma Mufe ! s'écrie le Poëte ,
quels accords pourras-tu trouver pour chanter le choc impétueux des deux Armées ?
Je crois entendre les fons tumultueux du Tambour. Les cris des Vainqueurs fe
mêlent aux gémiffemens des mourans. Le fracas du Canon fend la voûte de l'air ;
& tout le Tonnerre de la Bataille fe réveille.* C'eft au milieu de ces horreurs

qu'il dépeint son Héros tranquille. Il lui fait *examiner la scene horrible de la Guerre, & contempler d'un œil Stoïque le Champ de la Mort. Il envoye aux Escadrons épuisés un secours propice ; il inspire aux Bataillons rebutés de ranimer leur audace, & apprend au Combat, encore douteux, où doivent tomber ses efforts. Ainsi lorsque le Ministre de la vengeance du Très-Haut, par un orage affreux ébranle une terre coupable, d'un front calme & serein il conduit l'ouragan terrible ; & glorieux d'exécuter l'ordre du Tout-Puissant, monté sur le tourbillon, il dirige la Tempête.*

C'est dans ma Prose languissante que je tâche de rendre les plus beaux Vers, qui peut-être ayent été faits depuis Homere & Virgile. C'est dommage que quelques traits trop durs & trop amers répandus dans ce bel Oùvrage, ne permettent pas de le faire connoître en France. Je ne connois personne plus en état que vous-même, de lui rendre Justice. Mais j'ai honte de vous citer plus long-tems pour modele un Auteur qui parle la même langue que nos Ennemis. Je vous rappelle donc à vos Juges naturels, & parmi eux j'en vais choisir un, que je vous défie de recuser. C'est vous-même.

Recuse si tu peux, & choisi si tu l'oses.

Comparons la Bataille de *Fontenoy* à la Bataille d'*Ivry*, au huitiéme Livre de la Henriade. Quelle difference dans les Portraits, les Comparaisons, les Descriptions, enfin dans tout ce qui constituë la Poësie de l'une & de l'autre ? Je sçais bien que vous m'allez dire qu'il y a une grande difference entre un Poëme historique, tel que le vôtre, & un Poëme épique, où les *Essai sur* événemens & les situations sont libres : que *la proximité des tems, la noto-Poësie Epique.* *rieté publique, la solidité du sujet, ôtoient à votre génie toute liberté d'invention* ; qu'il est vrai que *Lucain n'osant s'écarter de l'Histoire, a rendu par-là son Poëme sec & aride, & qu'il a caché trop souvent cette sécheresse sous de l'enflure* ; mais que ces défauts sont plutôt ceux de l'Ouvrage que de l'Ouvrier. Mais qui vous empêchoit d'attendre que la Renommée vous eut instruit des particu-larités ? Je connois quelques événemens de cette illustre Action, qui, graces à votre précipitation, vont être ensevelis dans *l'oubli,* dont vous auriez pû les *arracher,* & qui cependant auroient pû figurer avec les situa-tions les plus interessantes de la Henriade. Enfin au défaut du détail, qui vous empêchoit de louer les corps entiers omis ou négligés dans votre ou-vrage ? C'étoit-là le vrai moyen d'éviter les mécontens. Pourquoi le Régi-ment de *Normandie,* par exemple, qui a eu tant de part à cette affaire, & dont le nom semble fait pour triompher des Anglois, est-il oublié tout-à fait ? Pourquoi les *Carabiniers, cités avec éloges dans la Lettre du Roi,* ne se trouvent-ils chez vous que dans une Note ? Pourquoi *la Maison du Roi* est-elle louée si superficiellement, que l'on peut vous reprocher avec raison, qu'elle est bien mieux traitée par un Ennemi, c'est l'Auteur Anglois que je vous citois tout-à-l'heure ? Chez vous c'est *un Peuple de Heros,* dont la *foule s'avance* ; chez lui c'est *cette Troupe altiere, la terreur de l'Europe, & l'orgueil de la France, dont chaque Soldat renferme dans son sein tout l'art de la Guerre, & brule de l'ardeur de la Victoire qui enflamme un Général.*

Mais entrons dans le détail de la comparaison que je vous ai promise. Voici la Description du Combat de Fontenoy.

> Le signal est donné par cent bouches d'airain,
> D'un pas rapide & ferme, & d'un front *inhumain*
> S'avance vers nos rangs la profonde Colomne,
> Que la terreur devance, & la flamme environne,
> Tel qu'un nuage épais, qui sur l'aile des vents,
> Porte l'éclair, la foudre, & la mort dans ses flancs.
> Les voilà ces Rivaux du grand nom de mon Maître,
> Plus *farouches* que nous & moins vaillans peut-être,
> Fiers de tant de Lauriers moissonnés autrefois;
> BOURBONS, voici le tems de venger les VALOIS.
> La mort de tous côtés, la mort insatiable
> Frappe à coups redoublés une foule innombrables;
> Chefs, Officiers, Soldats, l'un sur l'autre entassés,
> Sous le fer expirans, par le plomb renversés,
> Poussent les derniers cris en demandant vengeance.

POEME
*de Fontenoy.*

*Peut-être* avant
l'action,
Sans doute *après.*

J'avoue que je reconnois ici quelques traits de la main qui crayonna les vertus du *Grand Henry* J'y retrouve le ton de la Poësie, pour ainsi dire, & le Méchanisme d'un homme accoutumé à faire de bons vers. Mais cet (a) *Esprit Divin*, selon l'expression d'Horace, cette flamme seconde qui échauffe & qui vivifie, je ne l'y trouve plus. Ou si j'en apperçois encore quelques traces, ce n'est qu'une vaine lueur réflechie du feu de la *Henriade*, qui a plus d'éclat que de chaleur & de vivacité. Transcrivons quelques endroits ressemblans de ce dernier Ouvrage.

### Description d'une Marche.

> Des nuages épais que formoit la poussiere,
> Du Soleil dans les champs déroboient la lumiere;
> Des Tambours, des Clairons, le son rempli d'horreur,
> De la mort qui les suit étoit l'avant-coureur :
> Tels des Antres du Nord échappés sur la terre
> Précedés par les vents, & suivis du tonnere,
> D'un tourbillon de poudre obscurcissans les airs,
> Les orages fougueux parcourent l'Univers.

*Henriade 6.*

(a) *Ingenium cui sit, cui mens divinior, atque os*
*Magna sonaturum, des nominis hujus honorem.* Hor. Sat. 4. Lib. 1.

## Choc de deux Armées.

*Henriade 8.*

Sur les pas des deux Chefs alors en même-tems,
On voit des deux Partis voler les Combattans.
Ainfi lorfque des Monts feparés par Alcide
Les Aquilons fougueux fondent d'un vol rapide ;
Soudain les flots émus de deux profondes mers,
D'un choc impétueux s'élancent dans les airs,
La terre au loin gémit, le jour fuit, le Ciel gronde,
Et l'Affricain tremblant craint la chûte du Monde.

## Defcription de la Mêlée.

*Henriade 8.*

On fe mêle, on combat ; l'adreffe, le courage,
Le tumulte, les cris, la peur, l'aveugle rage,
Le defefpoir, la mort, l'ardente foif du fang,
Par-tout, fans s'arrêter, paffent de rang en rang.

La Nature en fremit, & ce rivage affreux
S'abreuvoit à regret de leur fang malheureux.

## Autre.

*Henriade 6.*

Alors on n'entend plus ces foudres de la Guerre
Dont les bouches de bronze épouvantoient la terre,
Un farouche filence, enfant de la fureur,
A ces bruyans éclats fuccede avec horreur.
D'un bras déterminé, d'un œil brulant de rage,
Parmi fes Ennemis chacun s'ouvre un paffage.

Les Affiegeans furpris font par-tout renverfés,
Cent fois victorieux, & cent fois terraffés.
Pareils à l'Ocean pouffé par les orages,
Qui couvre à chaque inftant, & qui fuit fes Rivages.

J'avertis ici, que pour que la comparaifon fut exacte de tous côtés, il faudroit lire de fuite dans la Defcription de la Bataille d'Ivry, ces morceaux épars que je raffemble, fi l'on veut y trouver ce fil & ce progrès d'une l'Action intereffante que je n'apperçois point dans celle de Fontenoy. En fecond lieu, ce qui eft impoffible ; il faudroit apporter à la lecture d'un événement arrivé il y a plus de cent cinquante ans, les mêmes difpofitions que l'on doit avoir naturellement pour un événement qui nous touche & dont nous faifons partie. N'ai-je donc pas lieu de me plaindre, fi malgré tous ces defavantages, des lambeaux découfus, font non - feulement plus brillans, mais portent encore les marques des ornemens que l'on leur a dérobé, pour déguifer fa pauvreté ? Et ne difons pas que les mêmes fituations

auront

auront amené le même tour, & fait naître les mêmes idées. On avoit
fait bien des defcriptions de Batailles avant que vous fiffiez celle de *Narva*,
dans l'hiftoire de Charles XII. & fans doute que quand vous ferez arrivé à
cet endroit de la Vie de notre Grand Monarque, vous retrouverez encore
de nouvelles couleurs pour celle de *Fontenoy*.

Mais pourfuivons. La chofe deviendra encore plus fenfible dans la fuite.
La defcription d'une bayonnette n'eft point une matiere plus Poëtique
que celle d'un Combat de Dragons. Quelle difference cependant dans
l'exécution de l'une & de l'autre ! Voici la premiere.

> Au moufquet réuni le fanglant coutelas,
> Déjà de tous côtés porte un double trépas.
> Cette Arme que jadis pour dépeupler la terre
> Dans Bayonne inventa le Démon de la guerre,
> Raffemble en même-tems, digne fruit de l'Enfer,
> Ce qu'ont de plus terrible & la flamme & le fer.

*Henriade 8.*

L'ufage, l'origine, le nom même, tout eft peint, tout eft annobli.
Voici la feconde.

> Chevreufe à cette attaque *horrible & meurtriere*,
> Fait voler cette Troupe *& fi prompte & fi fiere*,
> Qui tantôt de *pied ferme* & tantôt *en courant*
> Donne de deux Combats le fpectacle effrayant.

*POEME de Fontenoy.*

La comparaifon des Chaffeurs Numides, vaut - elle celle des chiens de
Chaffe qui pourfuivent un fanglier ? Voici les Chaffeurs.

> C'eft ainfi que l'on voit dans les Champs des Numides
> Differemment armés des Chaffeurs intrepides ;
> Les Courfiers écumans franchiffent les guerets ;
> *On* gravit fur les monts, *on* borde les forêts,
> L'un *attend*, l'autre vole, & *de fang font trempées*
> *Les fleches*, les épieux, les lances, les épées,
> Et les *Lions* fanglans percés *de coups divers*,
> D'affreux rugiffemens font retentir les airs.

*POEME de Fontenoy.*

Voici la comparaifon des chiens. Comparaifon d'autant plus ingenieufe
que vous ne pouviez pas feulement nommer ces animaux qui en font le fujet.
Mais que vous les avez heureufement exprimé !

> Tels au fond des forêts précipitant leurs pas,
> Ces animaux hardis, nourris pour les combats,
> Fiers efclaves de l'homme, & nés pour le carnage,
> Preffent un Sanglier, en raniment la rage,
> Ignorans le danger, aveuglés, furieux,
> Le cor excite au loin leur inftinct belliqueux ;
> Les antres, les rochers, les monts en retentiffent.

*Henriade 6.*

B

Oppofons maintenant le portrait que vous faites des Courtifans à celui que vous en aviez déja fait dans la Henriade. Voici celui de la Henriade.

*Henriade.* 3.
>Des Courtifans François tel eft le caractere,
>La paix n'amolit point leur valeur ordinaire ;.
>De l'ombre du repos ils volent aux hazards ;
>Vils flatteurs de la Cour , Héros an champ de Mars.

Voici celui de la Bataille de Fontenoy,

*POEME*
*de Fontenoy.*
>Comment ces Courtifans , *doux , enjoués , aimables ;*
>Sont-ils dans les combats des Lions indomptables ?
>Quel mélange *étonnant* de graces , de valeur !

Décidez vous même , Monfieur , entre ces enfans de votre imagination, & jugez fi les cadets font dignes de leurs aînés. Je n'ai garde de dire de vous après vous avoir comparé à vous-même ce que vous dites de Pradon *Préface de Ma-* après l'avoir comparé à Racine ; mais je vous avoue que je n'aime pas *riamne.* voir un grand genie fe replier ainfi fur lui-même , fur-tout lorfque les feconds efforts ne font point au-deffus des premiers. Ne vous fiez pas trop , Monfieur , fur votre réputation. Une grande réputation eft un gros patrimoine , que des dépenfes inconfidérées peuvent diffiper. Il eft permis tout au plus de dépenfer fon revenu , mais jamais d'en rifquer le fonds. Eft-ce vous ménager vous-même ou refpecter le Public que de le rendre le témoin & le confident de vos (a) corrections ? Ce n'eft pas la premiere fois , je le fçais , que par d'heureufes métamorphofes , la pierre brutte eft *Waller au Comté* devenue entre vos mains un diamant précieux. Mais j'en croirai Waller *de Rofcommon.* après Horace , & je dirai avec tous les deux que *les plus grands Auteurs perdroient beaucoup de l'eftime que nous avons conçu pour eux fi nous pouvions appercevoir ce que dérobent à nos yeux leurs prudentes ratures.*

Après vous avoir vengé de l'injure Poëtique que vous vous faites à vous-même ; je vais préfentement vous attaquer fur celle que vous faites aux autres.

>L'Anglois eft abattu ,

Dites-vous ,

>Et la férocité le cede à la vertu.

C'eft remplir , ce me femble , affez exactement les fonctions de la Chevalerie errante que de vouloir ainfi vous attaquer & vous défendre tour à tour *envers & contre tous.* Mais ceci s'adreffe à l'Hiftoriographe de France.

De tous les préjugés les plus injuftes & même les plus honteux font ceux qui tombent fur des nations entieres. Eft-il croyable que le délicat Bou-

___

( a ) En huit jours on a fait cinq Editions différentes , toutes changées , augmentées, abregées & retranchées , du Poëme & des notes inftructives fur la Bataille de Fontenoy. Les Commentateurs futurs des Ouvrages de M. de Voltaire feront bien embaraffés un jour à concilier enfemble toutes fes variantes.

bouts ait demandé férieufement s'il étoit poffible qu'un Allemant eût *Entret. Ar'ft. &*
de l'efprit, & s'il ne l'a pas fait férieufement, ou eft le mot pour rire ? *Eugene.*
J'ai été pénétré de douleur quand j'ai lû pour la premiere fois dans les mé- *Voyez Mémoi-*
moires de M. *du Gué* que ce grand homme avoit naturellement de l'aver- *res de Dugue-*
fion pour un Anglois  Je ne me fuis réconcilié avec lui que lorfqu'il *trouin.*
avoue que c'étoit une foibleffe dont il n'étoit pas le maître. Après la bra-
voure, dit M. de Tourreil, il n'y a rien de plus brave que l'aveu de la
poltronnerie.

La rivalité des deux peuples eft auffi ancienne que les deux Monarchies.
Différentes caufes & différens interêts ont fervi à la nourrir & à la fo-
menter de fiecle en fiecle. Mais je ne vois pas ce qui a pû donner occafion
au reproche de *férocité* qu'on fait aux Anglois, reproche même qui eft
plus nouveau qu'on ne penfe, à moins qu'on ne s'imagine que la *fureur*
& la *férocité* des anciens Normans eft paffé chez eux avec Guillaume le
Conquerant. Auffi-bien une fameufe Satyre Angloife (*a*) leur reproche de
n'être tous aujourd'hui que des François, c'eft-à-dire, des Normans.

Les Anglois fe battent bien, ils enfanglantent fouvent le Théâtre, ils
mangent la viande moins cuite qu'en France, donc les Anglois font fan-
guinaires ; donc ils font *naturellement féroces*, comme dit M. Flechier ; donc
ils font *farouches & inhumains*, comme le prétend M. de Voltaire. Je par-
donnerois à un Hiftorien prévenu ou mal inftruit, à un Ecrivain de parti, de mettre fur le conte de la férocité des Anglois la valeur qu'ils ont
toujours montré depuis l'intrépide réfiftance qu'ils ont fait autrefois à tous
les efforts de *Jules-Cefar*, jufqu'à leur défaite à Fontenoy par LOUIS XV.
Je confens qu'un Géographe oifif qui s'eft mis en tête de caractérifer tous
les Peuples de l'Univers, & qui dans trois lignes prétend avoir tracé les
mœurs de toutes les Bourgades de la France & de toutes les Provinces de
la Chine ; je confens, dis-je, qu'un pareil Ecrivain en faifant fa ronde
diftribue aux Anglois cinq ou fix Epithetes hazardées qu'il appliquera
peut-être avec autant de raifon deux pages après aux Peuples de la La- *Oraif. Funeb.*
ponie & du Japon. Mais lorfque M. Flechier devant l'auditoire le plus *de M. de Turen-*
poli & le plus refpectable de l'Univers, trouve le moyen de relever la mo- *ne.*
dération & l'humanité de M. de Turenne, parce qu'*à la Bataille des Du-*
*nes on le vit arracher les armes des mains des Soldats étrangers, qu'une férocité*
*naturelle acharnoit fur les vaincus ;* lorfque M. de Voltaire, le partifan dé-
claré des Anglois, eft le premier à les taxer d'être *farouches, féroces, &*
*inhumains,* ces paroles dans leurs bouches ont trop l'air d'une opinion re-
çûe & établie pour ne pas mériter qu'on en recherche l'origine. Et quel
mal y auroit-il fi l'on venoit à découvrir qu'elle eft mal fondée ? Ne feroit-ce pas autant de gagné pour la vérité & pour la nature ? Commen-
çons d'abord par M. Flechier & par le récit hiftorique de cette fameufe
Bataille des Dunes. Il fervira peut-être à jetter du jour fur cette matiere.

(*a*) *But that the Svvord Should be fo Civil*
*To make a Frenchman English-chat'sthe Devil.*
*True-born Englishman.*

Selon le Traité fait entre le Roi & Cromwel, les François devoient
conquerir cette place alors entre les mains des Espagnols pour la remettre
aux Anglois. Milord Lockart à la tête de six mille hommes de sa nation
se joignit aux Troupes du Vicomte de Turenne, tandis qu'une flotte An-
gloise de vingt vaisseaux fermoient l'entrée du Port, & battoit la Ville
du côté de la Mer. Le secours commandé par Dom Jean d'Autriche & le
Prince de Condé ne fut pas long-tems à paroître. Les Assiégeans sortirent
de leurs lignes & allerent rencontrer les Espagnols auprès *des Dunes*. Le
principal effort tomba sur les Anglois. Ils le soutinrent avec une valeur
ou plûtôt une *fureur* & une *férocité* incroyable. Ce qui les animoit étoit la
vûe des Ducs d'York & de Glocestre fils de l'infortuné Charle premier,
qui commandoient dans l'Armée Espagnole un corps de leurs fideles Sujets, & venoient venger sur ces rebelles le meurtre de leur pere. Leurs
efforts furent inutiles aussi-bien que ceux de Dom Jean & du Prince de
Condé. Dom Jean avoit mis pied à terre & la pique à la main, il se méloit
parmi les Bataillons Ennemis ; & pour le Prince de Condé, lors même
qu'il fallut se retirer il ne le fit que le dernier, & couvert de sang & de
poussiere, il faisoit face de tous côtés & arrêtoit dans sa retraite ces vainqueurs furieux.

La Ville cependant ne se rendit point pour cela, elle ne fut prise que
quelques jours après : le brave Marquis de Leyde qui en étoit Gouver-
neur ayant été tué à une vigoureuse sortie qu'il fit à la tête de presque
toute sa garnison. Le Roi, qui avoit été témoin de la Bataille & du Siége prit possession de la Ville & la remit entre les mains de Lockart pour
Cromwel. Telle fut l'issue du fameux Siége de Dunquerque & de la
Bataille des Dunes, l'une des plus mémorables dont l'histoire fasse men-
tion par les actions de valeur qui s'y firent, par la qualité de personnes
qui y assisterent, & par la singularité de l'entreprise. Un Roi de France
qui fait la Conquête d'une de ses plus fortes places & d'un des plus beaux
Ports de son Royaume par sa situation pour les remettre entre les mains
des Anglois & d'un vil usurpateur : l'héritier présomptif de la Couronne
d'Angleterre qui risque sa vie mille fois pour l'empêcher d'en venir à bout.
Des Sujets traîtres & rebelles combattant contre le sang de leur Roi :
un Prince du Sang de France attaquant & défiant le sien. Dom Jean d'Autriche forçant & abattant tout devant lui avec la vigueur & la vivacité
Françoise : M. de Turenne avec tout le flegme & la sagesse Espagnol dispo-
sant tout le sang froid dans la chaleur même de l'action : enfin un grand Roi
accompagné de son Frere & de son principal Ministre témoin de cette grande action & animant également ses Sujets & ses Ennemis par sa présence.

Je me suis arrêté à dessein sur le détail de cet évenement, parce que
j'ai crû y remarquer quelques traits ressemblans à celui du 11. de Mai.
Il est aisé d'en conclure que ce qui a donné lieu au reproche de *férocité*
étoit les spectacles affreux que les Anglois venoient de donner à tout l'U-
nivers. Trois Royaume pendant soixante ans teints du sang de leurs propres Habitans, un Roi & une Reine conduits sur un échaffaut, étoient
des choses qui faisoient frissonner la nature & qui devoient attirer à bon

droit aux coupables auteurs de ces crimes des noms encore plus forts que ceux de feroces & de barbares. Mais ce reproche après tout n'auroit-il pas dû tomber plûtôt sur les tems, que sur la nation en général. En bonne foi, les François d'alors étoient-ils bien sages ? Ne pourroit-on point dire qu'un esprit de vertige s'étoit emparé de tous les Peuples de l'Europe ? Ou plûtôt ne faudroit-il pas dire, que *Dieu avoit permis aux vents & à la mer de gronder & de s'émouvoir & que la tempête s'étoit élevée ?* La nouvelle de la mort de Charles premier arriva à Paris le jour même des barricades, & ne servit pas peu à rallentir la *fureur* & la *férocité* du Peuple.  *Flechier Oraif. Fun. Tellier.*

Mais pourquoi les Anglois, dira-t-on, ont-ils toujours aimé & aiment-ils encore le sang & les choses atroces sur la scene ? Ecoutons là-dessus l'opinion d'un Etranger désintéressé, opinion adoptée par le nouveau Traducteur de leur théâtre » les Anglois, dit M. Riccoboni, sont doux, humains, polis même ; mais communément pensifs à » l'excès, le fond de leur caractere est de se plonger dans la (a) rêverie. *Réflex. sur différens Theat. de l'Europe.*
» Si l'on donnoit sur leur Théâtre des Tragédies dans le gout des meil-
» leures & des plus exactes, c'est-à-dire, de celles qui sont dénuées de ces
» horreurs qui souillent la scene par le sang, les spectateurs s'endormi-
» roient peut-être. L'expérience que les premiers Poëtes dramatiques
» auront faites de cette vérité les aura obligé à établir ce genre de Tra-
» gédie pour les faire sortir de leurs rêveries par des grands coups qui
» les reveillent.

On peut rendre la même raison de quelques autres usages assez communs à Londres, comme les combats des coqs, des Gladiateurs, &c. Voici ce qu'en dit *M. l'Abbé du Bos* dans son excellent Livre des *éflexions Critiques sur la Poësie & sur la Peinture.* Son témoignage est d'autant plus respectable qu'il joignoit à un goût exquis, une expérience acquise dans presque toutes les Cours de l'Europe, & un fond de raison & de droiture qui ont mérité qu'une grande Princesse le chargeat de soutenir ses interêts au fameux Congrès d'Utrecht.

» Nous avons, dit-il, dans notre voisinage un Peuple tellement ava- *Réflex. critiques*
» re des souffrances des hommes qu'il respecte encore l'humanité dans les *sur la Poësie & la*
» plus grands scélérats. Il a mieux aimé que les criminels échapassent *Peinture, Tom.*
» souvent aux châtimens que l'interêt de la société civile demande qu'on *I. Sect. 2.*
» leur fasse subir, que de permettre qu'un innocent pût être jamais ex-
» posé à ces tourmens dont les Juges se servent dans les autres Pays Chrê-
» tiens pour arracher aux accusés l'aveu de leurs crimes. Tous les suppli-
» ces dont il permet l'usage, sont de ceux qui tuent les condamnés sans
» leur faire souffrir d'autre peine que la mort. Néanmoins, ce Peuple si
» respectueux envers l'humanité, se plaît infiniment à voir les bêtes s'en-
» tre-déchirer. Il a même rendu capable de se tuer ceux des animaux à
» qui la nature à refusé des armes qui pussent faire des blessures mortelles
» à leurs semblables ; il leur fournit avec industrie des armes artificielles
» qui blessent facilement à mort. Le Peuple dont je parle contemple en-
» core avec tant de plaisir des hommes payés pour cela, se battre jus-

‑ (a) Les Anglois pensent profondément, *dit la Fontaine,*
Même les chiens de leur séjour
Ont meilleur nés que n'ont les nôtres.

» qu'à se faire des blessures dangereuses , qu'on peut croire qu'il auroit
» de véritables Gladiateurs à la Romaine , si la Bible défendoit un peu
» moins positivement de verser le sang des hommes hors le cas d'une ab-
» solue nécessité.

Ce sont les loix d'un Pays qui font foi de son caractere , il n'y en a
point où la vie des hommes soit plus ménagee qu'en Angleterre. Mais
le suicide n'y est-il pas commun ? A cela je réponds que quand il seroit
aussi commun qu'on l'imagine d'ordinaire cela ne concluroit rien. Ceux
qui sont les plus prodigues de leur propre vie, ne le sont pas pour cela de
celle des autres. Les Romains qui se tuoient si volontiers avoient des loix
on ne peut pas moins sanguinaires. Ciceron fut taxé pour avoir fait *mourir*
les conjurés de Catilina. Enfin , il n'y a pas jusqu'aux voleurs Anglois qui
ne soient plus honnêtes & plus courtois , pour ainsi dire , que par-tout
ailleurs ; car en prenant la bourse , ils n'attentent jamais à la vie.

Qui a donc pù engager M. de Voltaire , témoin de tous ces usages ,
connoissant les Anglois & l'Angleterre , où il a été si feté , à venir aujour-
d'hui les traiter de *féroces* , de *farouches* , & d'*inhumains* ? Que les tems sont
changés ! Où est le tems , Monsieur , que sur la mort d'une Comédienne
le vous attaquiez le sacré & le profane pour les louer ? Que vous plaignant

*Sur la mort de
Mademoiselle
Couvreur.*

> Que le foible François s'endormoit sous l'empire
> de la superstition.

Vous demandiez ,

> Quoi ! N'est-ce donc qu'en Angleterre ,
> Que les mortels osent penser ?
> Exemple de l'Europe , ô Londre ! *heureuse terre* ,
> Ainsi que vos *Tyrans* vous avez sçu chasser
> Les *préjugés honteux* qui nous livrent la guerre.

Vous trouviez , que

> Quiconque a des talens , à Londre est un grand homme ,
> Le genie étonnant de la Grece & de Rome ,
> Enfant de l'abondance & de la liberté ,
> Semble après deux mille ans chez eux ressuscité.

Et vous adressant à Mademoiselle Sallé qui étoit alors en Angleterre ,
vous lui disiez ,

> Dans tes nouveaux succès reçois avec mes vœux ,
> Les applaudissemens d'un *Peuple respectable*
> De ce Peuple puissant , fier , libre , *genereux* ,
> *Aux malheureux propice* , aux Beaux Arts favorable :
> Du Laurier d'Apollon dans nos stériles Champs ,
> La feuille negligée est désormais flétrie.
> Dieux ! pourquoi mon Pays n'est-il plus la Patrie
> Et de la Gloire & des Talens ?

Pour tout Commentaire à cette belle tirade , je vous renvoye à la Fable
de la Chauve-Souris *(a)* de la Fontaine ; pourvu cependant qu'elle ne foit
pas une de celles que vous avés *déchiré* avec *le gros Recueil.*

Dans le glorieux emploi dont je me fuis chargé , *de redreffer les torts des
Nations affligées* , je me trouve naturellement dans un grand embaras,
parce qu'en époufant leurs interêts , je dois prendre auffi leur caractere ,
& jouer , pour ainfi dire , leur perfonnage , & que dans ce cas , la raifon
qui voudroit que vous ayés tort, ne me permettroit pas tout-à-fait d'avoir
raifon. Tel eft l'endroit où , quand *l'Anglois eft abattu* , vous faites venir ,

> Clare , avec l'Irlandois , qu'animent nos exemples.

Voyons quel biais nous pourrons donner à la chofe, pour vous faire con-
cevoir ce que je veux dire.

A la fameufe Journée de Crémone , où cette Ville fut , pour ainfi dire,
arrachée des mains du Prince Eugêne , qui s'en étoit rendu maître la nuit
par furprife , deux Régimens Irlandois fe diftinguérent beaucoup. M. de
Mahoni , Capitaine dans un de fes Régimens , fut depêché par Monfieur
de Revel pour porter au Roy la nouvelle de cette Glorieufe Affaire ; il
s'acquitta de fa Commiffion en homme d'efprit , & n'omit rien de tout le
détail , excepté les louanges qui pouvoient naturellement tomber fur fa
petite Troupe. *Monfieur* , lui dit Louis XIV. , avec eet air de grandeur & de bonté qu'il fçavoit fi bien mêler enfemble , *vous ne me dites
rien de mes Irlandois , vos braves Compatriotes ? S I R E* , répondit M. de
Mahoni , *ils ont fuivis l'exemple des Sujets de Votre Majefté.* Il apparte-
noit à la modeftie de M. de Mahoni , de répondre ainfi ; & il apparte-
noit auffi à la grandeur d'ame du plus Grand des Monarques de lui faire
cette queftion obligeante , & de lui donner des marques de la fatisfaction
qu'il avoit de fes fervices , auffi-bien qu'à tous les Officiers qui s'étoient
diftingués , & dont quelques-uns vivent encore aujourd'hui.

Je crois qu'apréfent vous devinez à peu près , ce que je ne voulois pas
vous expliquer tout à l'heure. Eh bien , Monfieur , je fuis devenu plus
hardi ; & j'ofe maintenant vous dire , fans crainte d'en être démenti , que
pour fervir le Roi , & pour mourir fous fes yeux , les Irlandois n'ont befoin de l'exemple de perfonne , & qu'ils ne le céderont pas même aux Sujets
naturels de Sa Majefté.

Une chofe que perfonne n'a pû comprendre dans votre Poëme , c'eft la
raifon pourquoi vous faites venger par les Suifles la mort de M. le Chevalier *Dillon.* Eft-ce que vous feriez affez peu au fait de l'Hiftoire du Pays ,
pour ignorer qu'il étoit Irlandois ? ou , ce qui paroît plus vrai-femblable ,

---

*(a)* Moi Souris ! Des méchans vous ont dit ces nouvelles.
  Je fuis Oifeau , voyez mes aîles ;
  Vive la gent qui fend les airs.

 Qui fait l'Oifeau ? C'eft le plumage.
 Je fuis Souris. Vivent les Rars.
Jupiter confonde les Chats. *Voyez Fables de la Fontaine.*

feroit-ce qu'inftruit des Exploits du Pére, voûs auriez été tellement jaloux de la gloire du Fils, que ne vous fiant pas affez de fa vengeance, à fes Compatriotes, vous en auriez chargé les Suiffes ? Eh, pourquoi envier à fon Régiment, & même à près de quatre-vingt Officiers, & quatre cent Soldats de la Brigade, la gloire d'être morts pour le Roi, & pour lui ?

Je rends juftice de tout mon cœur à la fageffe, la probité & la valeur des Suiffes ; & je fuis perfuadé que ce Peuple généreux rend la pareille à des Etrangers qui fervent comme eux fous les Drapeaux de la France. Mais permettez-moi, M. de vous faire remarquer qu'il n'étoit pas poli, après avoir animé les Irlandois de l'exemple des François, de faire remarquer tout de fuite que les *heureux Helvetiens*, étoient *nos antiques amis, & nos Concitoyens*.. Selon toutes les regles de la Grammaire & de la Logique ; cette Phrafe eft exclufive pour la précedente.

Apparemment que vous avez cherché à réparer par-là l'opprobre que vous avez jetté fur cette Nation refpeƈable, lorfque vous les appellés dans la Henriade des

<table>
<tr><td>Henriade 10.</td><td>Barbares, dont la Guerre eft l'unique Métier,<br>Et qui vendent leur fang à qui veut le payer.</td></tr>
</table>

Il eft inutile de diftinguer dans une Notte les Suiffes d'aujourd'hui, des Suiffes du tems de la Ligue ; car, puifque les Suiffes d'aujourd'hui, comme ceux de ce tems-là, fervent dans les differens Royaumes de l'Europe, vous laiffez dire d'eux, que *la Guerre eft leur unique Métier, & qu'ils vendent leur fang à qui veut le payer.* Une infulte qui a befoin d'une Note pour la réparer, eft une bleffure qui demande un emplâtre. Je fuis charmé, *en faifant ma ronde*, d'avoir occafion de *rendre juftice* à un Peuple que j'honore & qu'on attaque injuftement.

Mais qui vous a chargé, Monfieur, d'exclure les Irlandois d'être *nos antiques Amis, & nos Concitoyens* ? Si l'attachement & les fervices peuvent mériter ce titre ; les Irlandois peuvent le difputer aux Suiffes. La difpute fera glorieufe pour les deux Nations, & tout l'honneur en retombera fur la France. Ils fe confoleront en attendant avec ce Philofophe de l'Antiquité, qui répondit à ceux qui lui demandoient pourquoi on ne lui avoit point dreffé de Statue dans la Place publique ; *qu'il étoit plus glorieux pour lui qu'on demanda pourquoi il n'en avoit point, que fi, en ayant une, on venoit à demander pourquoi il l'avoit.* Ignoreriez-vous, Monfieur, de quelle façon les Irlandois fe font établis en France ? Ne fçavez-vous pas qu'un des articles de la Capitulation de Limerik ; la plus belle, felon le P. d'Orleans, qu'on vit jamais, un des articles, dis-je, de cette Capitulation, fut que toutes les Troupes qui tenoient encore pour le Roi d'Angleterre, pafferoient en France avec tous leurs effets ; & qu'en confequence, l'Efcadre de M. de Château-Renaud, y tranfporta feize mille hommes de Trouppe, & un grand nombre de famille ? La glorieufe adoption que la France fit alors de ces Exilés volontaires, ne leur donne-t'elle pas droit à fe regarder, non-feulement comme *Amis* & comme *Concitoyens*, mais encore comme

Enfans

*Enfans de la Nation ? Alors*, dit l'Auteur des Lettres Perſannes, *on vit une Nation entiere quitter ſon Pays, ſans avoir d'autre reſſource qu'un talent for-midable pour la diſpute.* Je n'ai garde d'enlever aux dignes Suppôts *des Pro-legomenes de la Logique*, cette ardeur pour les Combats de l'Ecole, & cette force de poumons qu'ils ont fait briller plus d'une fois avec avantage, dans plus d'une Univerſitè; mais j'oſerois preſque aſſurer que les ſeize mille hommes qui s'embarquerent avec M. de Château-Renaud, & qu'on pour-roit légitimement appeller *la Nation*, ne ſçavoient guere s'eſcrimer de la langue.

Ce fut donc en 1691, que les Irlandois ceſſerent d'avoir une Patrie. De-puis ce tems, répandus dans tous les Royaumes de l'Europe; à la richeſſe près, ils reſſemblent aſſez aux Juifs. Diſperſés de tous côtés, ne faiſant ce-pendant qu'une grande famille, quand ils ſe retrouvent, ils ſe rappellent encore le ſouvenir de Sion, & ſoupirent après les rives du Jourdain.

> Tels ſur les murs fumans d'Ilion mis en cendre
> Les Peuples conſternés des rives du Scamandre,
> Les yeux moüillés de pleurs ſe demandoient entre eux :
> Où donc eſt cette Ville, en beautés ſi féconde,
> La Reine des Cités, la Maîtreſſe du Monde,
> Le Berceau des Heros, & l'Azile des Dieux ?
> Par des chants immortels, au gré de mon envie,
> Que ne puis-je exalter, ce Peuple malheureux,
> Né pour aimer ſes Rois, & pour mourir pour eux :
> Dans le Champ de l'honneur fier d'expoſer ſa vie,
> Conquerant au-dehors, Eſclave en ſa Patrie,
> (a) Favori des neuf Sœurs, doux, généreux, vaillant ;
> En tous lieux exîlé, mais par-tout triomphant.
> Oui, ſi les meilleurs vers devoient leur origine,
> Au feu que d'un beau zele allument les flambeaux,
> Je deſirois les Dieux de la double Colline,
> Et jamais Apollon n'en feroit de ſi beaux.

Mais n'admirez-vous pas la confiance avec laquelle je vous préſente mes vers, après avoir oſé attaquer les vôtres ? C'eſt qu'il eſt d'une très petite conſequence que j'en faſſe de mauvais ou de bons; au-lieu, qu'il ne vous eſt pas permis, d'en faire d'autres que d'excellens : & que c'eſt un crime de Léze-Majeſté Poëtique d'abuſer de ſon crédit & de ſa réputation, pour faire paſſer la fauſſe monnoye au lieu de la bonne.

(a) Le Comte de Roſcommon, Congreve, Swift, &c. pour la Littérature, Boyle, pour la Phyſique, Uſſerius, pour la ſcience univerſelle, & mille autres.

Ah ! fi j'avois hérité de quelques étincelles de ce feu facré qui vous échau-
foit quand vous immortalifiez le Grand Henry , vous me verriez m'écrier
dans un enthoufiafme plus que Poëtique ,

> Pour chanter d'un Grand Roi les Exploits inouïs,
> Mufes , réveillés-vous au feul nom de LOUIS;
> Ne vantez point en lui , l'éclat de fa Couronne,
> C'eft l'effet du hafard : pour être fur le Trône
> Du refte des Mortels on eft peu diftingué.
> LOUIS , fuit un éloge à d'autres prodigué.
> Mais , dites que vaillant , généreux , doux , affable ,
> Roi fans fafte & fans pompe , humain , tendre , équitable ,
> Capitaine , Soldat , & Monarque à la fois ,
> C'eft le Pere du Peuple , & l'exemple des Rois.
> Jeune HÉROS , cours, vole , au fein de la Victoire,
> Và , combattre & punir le belliqueux Germain.
> Arrive , environné de l'éclat de ta gloire ,
> Pour confondre l'*Autriche* , & fixer fon deftin ,
> Laiffe parler ton nom , & fair taire ta foudre.
> Montre lui feulement pour la réduire en poudre ,
> Le Vainqueur de Fribourg , d'Ypres & de Meniu.
> Des aftres revoltés ainfi la Troupe altiere
> Voulut du Dieu du Jour éclipfer la Lumiere ,
> Pour diffiper leur Ligne , il n'eut qu'à fe montrer ,
> Il parut : dans la nuit on les vit tous rentrer.

Le Roi eft arri-
vé à fon Armée la
veille de la Batail-
le qu'il a gagné.

La Devife du Roi
eft le Soleil.

J'ai l'honneur d'être , &c.

O